EL GRAN NEGOCIO
DE FRANCISCA

Una rama de HarperCollins*Publishers*

¡Yo sé leer!

LECTURA 2 CON AYUDA

EL GRAN NEGOCIO DE FRANCISCA

por Russell Hoban

Ilustrado por Lillian Hoban

Traducido por Tomás González

HarperCollins®, ☰®, ¡Yo sé leer!, y Rayo® son marcas registradas de HarperCollins Publishers.

El gran negocio de Francisca Texto: © 1970 por Russell C. Hoban Ilustraciones: © 1970, 1992 por Lillian Hoban Traducido por Tomás González Traducción © 1996 por HarperCollins Publishers Todos los derechos reservados. Impreso en Estados Unidos de América. Se prohíbe reproducir, almacenar, o transmitir cualquier parte de este libro en manera alguna ni por ningún medio sin previo permiso escrito, excepto en el caso de citas cortas para críticas. Para recibir información, diríjase a: HarperCollins Children's Books, a division of HarperCollins Publishers, 1350 Avenue of the Americas, New York, NY 10019. www.icanread.com

Library of Congress ha catalogado esta edición.

ISBN-10: 0-06-088703-6 (pbk.) — ISBN-13: 978-0-06-088703-2 (pbk.)

1 2 3 4 5 6 7 8 9 10   ❖   La primera edición de este libro fue publicada por HarperCollins Publishers en 1996.

Para

Phoebe, Brom, Esmé, y Julia

Era una hermosa mañana de verano.

Después del desayuno,

Francisca dijo:

—Voy a ir a jugar con Telma.

—Ten cuidado —le aconsejó

su mamá.

—¿Por qué debo tener cuidado?

—preguntó Francisca.

—¿Recuerdas la última vez?

—dijo su mamá.

—¿Cuándo? —dijo Francisca.

—La vez que jugaste con Telma

y su nuevo bumerán —dijo su mamá—.

Telma era siempre quien lo lanzaba

y tú llegaste a casa

con la cabeza llena de golpes.

—Ahora recuerdo

—dijo Francisca.

—¿Y recuerdas aquella otra ocasión,
el invierno pasado?

—preguntó su mamá.

—Sí que me acuerdo —dijo Francisca—.

10

Fue la primera vez

que se congeló el lago.

Telma quería patinar en el hielo

y me pidió que lo hiciera yo primero.

—¿Quién regresó a casa mojada,

Telma o tú?

—preguntó su mamá.

—Yo —respondió Francisca.

—Así es —dijo su mamá—.

Por eso debes tener cuidado.

Cuando juegas con Telma,

siempre sales perdiendo.

—Pero esta vez no tengo que

tener cuidado —dijo Francisca—.

No vamos a jugar con bumeráns

ni a patinar en el hielo.

Vamos a hacer una merienda con mi

vajilla de té y un pastel de lodo.

—De todas formas, ten cuidado

—le advirtió su mamá.

—Está bien, mamá —dijo Francisca.

Francisca tomó su cocodrilo,

su elefante,

su culebra

y su osito de peluche,

y se dirigió

a casa de Telma.

Mientras caminaba, cantaba:

A mí, al cocodrilo y al oso

tomar el té nos parece delicioso.

Para el elefante

y la culebra ondulante,

el pastel de lodo

debe ser abundante.

Francisca y Telma hicieron

un pastel de lodo

y lo adornaron con margaritas.

Después Telma sacó sus muñecos

y su vajilla de té.

—Estoy ahorrando dinero

para comprarme una vajilla de té

—dijo Francisca.

—Ésta es la mejor de todas

—aseguró Telma.

Es de plástico y tiene flores rojas.

—Ésa no es la que yo quiero

—dijo Francisca—.

Yo quiero una vajilla de verdad.

De porcelana, con dibujos azules.

La quiero con árboles y pájaros

y una casita china con una cerca,

y un barco y gente caminando

por un puente.

Yo tenía una vajilla así,

pero ahora sólo me queda

la tetera.

El resto se rompió.

—Por eso esa vajilla no sirve
para nada —replicó Telma—.
Las tazas y los platos se rompen.
Y si la tetera, la jarra de la leche
y la azucarera se rompen,
te quedas sin vajilla.
La mía tiene flores rojas

y no se rompe, a no ser que la pises.

—Eso está bien —dijo Francisca—,

pero yo estoy ahorrando

para una vajilla de porcelana.

—¿Cuánto tienes ahorrado?

—preguntó Telma.

—Dos dólares y diecisiete centavos.

—¿Cuánto vale la vajilla que quieres? —preguntó Telma.

No lo sé —dijo Francisca.

—Estoy segura de que cuesta mucho —dijo Telma—.

Tardarás mucho tiempo en ahorrar tanto dinero.

—Lo sé —dijo Francisca—.

¡Y quiero tener la vajilla ya!

—Tal vez pueda venderte la mía —dijo Telma.

—No quiero la tuya

—respondió Francisca—.

Quiero una de porcelana

con dibujos azules.

—Creo que ésas ya no las hacen —dijo Telma—. Conozco una niña que ahorró para comprar esa vajilla. Su madre fue a todas las tiendas, pero no pudo encontrarla.

Después, a la niña se le perdió

parte del dinero y el resto

lo gastó en dulces.

Al final, nunca compró la vajilla.

Eso sucede a menudo.

Muchas niñas nunca consiguen

tener una vajilla.

Quizás tú tampoco la consigas.

—Si compro la tuya, al menos
tendré una vajilla de té
—dijo Francisca.

—Tú dijiste que no la querías

—dijo Telma—. Y de todas formas,

ya no quiero venderla.

—¿Por qué no? —dijo Francisca.

—Pues bien —dijo Telma—,

es una vajilla muy fina.

Es de plástico que no se rompe.

Tiene unas flores rojas muy bonitas.

Tiene todas las tacitas y los platos.

Tiene la azucarera,

la jarra para la leche y la tetera.

Está casi nueva, vale mucho dinero.

—Tengo dos dólares y diecisiete

centavos —dijo Francisca—.

Eso es mucho dinero.

—No sé —respondió Telma—.

Si te vendo mi vajilla

ya no tendré ninguna.

—En ese caso, haremos las fiestas

en mi casa —dijo Francisca—.

Y podrás usar el dinero para

comprarte una muñeca nueva.

—Bueno, quizás tengas razón

—dijo Telma—. ¿Trajiste el dinero?

—No, pero iré a casa a buscarlo

—dijo Francisca.

—Está bien —dijo Telma—.

Lo pensaré mientras lo traes.

Francisca corrió a su casa

a buscar el dinero.

Cuando regresó, Telma le dijo:

—De acuerdo. Te venderé mi vajilla.

Francisca le dio a Telma el dinero

y Telma le entregó la vajilla de té.

—No te puedes echar atrás

—dijo Telma.

—Está bien —dijo Francisca.

De regreso a su casa

con la vajilla y sus muñecos,

Francisca cantaba:

Con una tetera plástica

puedo servir el té

a mis muñecos y a usted.

Las flores rojas,

aunque sean sencillas,

son tan bonitas

como las azules o amarillas.

Cuando Francisca regresó a su casa,

le enseñó la vajilla a Gloria,

su hermanita.

—¡Que vajilla más fea!

—dijo Gloria.

—¿Qué tiene de malo?

—preguntó Francisca.

—Es fea —repitió Gloria.

—Es una buena vajilla de té

—dijo Francisca.

—¡Es de plástico! —dijo Gloria—.

Tiene flores rojas. Es fea.

A mí me gustan de porcelana

con dibujos azules.

—Ésas ya no se consiguen

—dijo Francisca—.

Ya no las venden en las tiendas.

—Sí las venden —dijo Gloria—.

Las tienen en la confitería.

Aída, mi amiga, compró una ayer

y se la enseñó a Telma.

Cuestan dos dólares y siete centavos.

Francisca caminó lentamente

en dirección a la confitería.

Miró hacia el interior

y vio a Telma.

Telma le daba dinero al empleado
y éste le entregaba una vajilla
de porcelana con dibujos azules.
Francisca se marchó sin que
Telma la viera.

Mientras se alejaba,

Francisca cantaba una canción:

Con la de plástico me he quedado

y no puedo echarme atrás.

Mamá me advirtió:

"Ten cuidado".

Pero es Telma quien debe cuidarse.

¡Ya verá!

De regreso a su casa,
Francisca no pensaba
en echarse atrás.

Cuando llegó, puso un centavo

en la azucarera de plástico

y llamó a Telma por teléfono.

—Hola —dijo Telma.

—Hola —dijo Francisca—.

Te habla Francisca.

—Recuerda —le dijo Telma—,

nada de echarse atrás.

—Lo sé —dijo Francisca—.

Pero, ¿estás segura de que

no quieres cambiar de idea?

—Estoy segura —dijo Telma.

—¿Quieres decir que nunca me
pedirás que te devuelva
la vajilla? —preguntó Francisca.
—Así es —dijo Telma—.
Puedes quedarte con ella.
—¿También puedo quedarme
con lo que hay en la azucarera?
—¿Que hay en la azucarera?
—preguntó Telma.

—Olvídalo —dijo Francisca—.

No te puedes echar atrás.

Adiós. Y colgó.

Francisca esperó que el teléfono
sonara y cuando lo oyó dijo:

—Hola.

—Hola —dijo Telma—.
Habla Telma.

—Ya lo sé —dijo Francisca.

—Acabo de recordar —dijo Telma—

que dejé algo en la azucarera.

Me parece que era un anillo.

¿Encontraste un anillo?

—No —dijo Francisca—.

Y no tengo por qué decirte

lo que hay en la azucarera.

—Acabo de recordar —dijo Telma,

que un día guardé un dinero

en la azucarera.

Un dinero que me dieron

en mi cumpleaños.

Creo que eran dos dólares,

o tal vez cinco.

¿Encontraste dinero?

—Dijiste que nada de echarse atrás

—dijo Francisca—.

No tengo por qué decirte
cuánto dinero hay en la azucarera.

—Bueno —dijo Telma—,

es mi dinero y lo quiero.

—¿Quieres que te devuelva la vajilla

y tú me devuelves el dinero?

—No puedo —dijo Telma—.

Lo gasté en una vajilla nueva

y sólo me quedan diez centavos.

Te daré la vajilla nueva

y los diez centavos.

Es de porcelana,

como la que querías.

Y tiene dibujos azules.

—Tú dijiste que ya no las vendían

—dijo Francisca.

—Fue muy difícil encontrarla
—respondió Telma—. Y era la última
que había en la tienda.

—Está bien —dijo Francisca—.
Tráela.

Telma trajo la vajilla

y los diez centavos y Francisca

le devolvió la vajilla de plástico.

Entonces Telma levantó la tapa

de la azucarera

y vio el centavo.

—No está bien engañar así
a una amiga —dijo Telma.

—No —dijo Francisca—,
pero tampoco estuvo bien
lo que me hiciste
cuando me vendiste la vajilla.

—¡Vaya! —dijo Telma—.
De ahora en adelante
tendré más cuidado
cuando juegue contigo.

—¿No crees que sería mejor

ser buenas amigas?

¿Qué prefieres, dudar de mí

o ser mi amiga? —dijo Francisca.

—Quiero ser tu amiga —dijo Telma.

—Está bien —dijo Francisca—.

Entonces, te daré la mitad

de los diez centavos.

Francisca y Telma fueron

a la tienda con los diez centavos.

Francisca compró chicle

y Telma compró caramelos.

Regresaron a casa de Francisca
a saltar la cuerda. También Gloria
salió a jugar con ellas.

Tú y Gloria salten primero
—le dijo Francisca a Telma—.
Yo seré la última.

Mientras Francisca saltaba, cantaba:

Uno plástico, dos porcelana.

Tres vajilla, cuatro casi me gana.

Cinco pasteles, seis rico té.

Siete elefantes, ocho serpientes.

Nueve, por la tienda de enfrente.

Llegas a diez y saltas otra vez:

Echarse atrás, uno, echarse atrás, dos.

Cuidarse uno, cuidarse dos.

Si amigos quieres tener

desconfiada no puedes ser.

Más tarde, Francisca y Telma

compartieron el chicle

y los caramelos con Gloria.